CUENTO
DE LUZ

A ti, lector, que me dejas entrar en tu corazón.
- Carmen Gil -

Impermeable y resistente
Producido sin agua, sin madera y sin cloro
Ahorro de un 50% de energía

Señor Sí
© 2017 del texto: Carmen Gil
© 2017 de las ilustraciones: Miguel Cerro
© 2017 Cuento de Luz SL
Calle Claveles, 10 | Urb. Monteclaro | Pozuelo de Alarcón | 28223 | Madrid | Spain
www.cuentodeluz.com
ISBN: 978-84-16733-35-4

Impreso en PRC por Shanghai Chenxi Printing Co., Ltd. julio 2017, tirada número 1617-6

Carmen Gil / Miguel Cerro

Señor

Sí

El señor Sí sabía hacer muchas cosas. Podía fabricar elefantes de papel que movían la trompa. Conocía el truco para atravesar globos con agujas de punto sin reventarlos. No había quien le ganara en los juegos de mesa. Lanzaba piedras al agua que botaban hasta veinte veces. Era el más rápido del barrio diciendo trabalenguas:

—Cuenta cuántos cuentos cuentas, porque si no cuentas cuántos cuentos cuentas, nunca sabrás cuántos cuentos sabes contar —decía a todo el mundo. Pero lo que el señor Sí no había aprendido nunca era a decir que no.

Cuenta cuántos

Un día, al señor Sí le ofrecieron helado de caca de colibrí y baba de babosa.

—Pruébalo, vas a ver cómo sientes cosquillas en la lengua —le dijeron.

—Bueno, yo… —A pesar de que al señor Sí le daba repugnancia, no supo decir que no y se comió el helado enterito. Ni que decir tiene que el pobre estuvo tres días y tres noches con dolores de tripa.

El señor Sí se cruzó de brazos frente al espejo de su cuarto de baño y, muy enfadado, se dirigió al individuo que vivía dentro.

—¿Por qué no dijiste que no? —le recriminó—. No me gustas nada de nada.

Una tarde, un vendedor llamó a su casa con una maleta enorme llena de objetos extraños: una raqueta sin cuerdas, el certificado de propiedad de una nube de humo, un lata de 18 kg de pintura invisible...

—Mis productos son los mejores y los más baratos del mercado. Cómprelos, no se va a arrepentir.

—En fin, yo...

Aunque el señor Sí no necesitaba nada de lo que ofrecía aquel caballero, no fue capaz de decir que no. Y cuando vino a darse cuenta, ya había pagado un paraguas con agujeros para días despejados, un teléfono averiado con el que hablar con uno mismo y una caja llena de silencio, de uso en momentos ruidosos.

Al quedarse solo, fue a buscar malhumorado al hombre del espejo de su cuarto de baño.

—¿Por qué no dijiste que no? —le reprochó el señor Sí—. ¡No me caes bien!

En otra ocasión, el hijo del quiosquero paró al señor Sí por la calle.

—Ven conmigo, te vas a reír mucho —le propuso—. Vamos a esconder una serpiente de goma entre las coliflores del supermercado. O a cambiar el azúcar por sal en el bar de la esquina.

—La verdad es que yo... —Al señor Sí no le gustaban esas bromas pesadas. Sin embargo, no se atrevió a decir que no y pronto se encontró acompañando a aquel joven en sus burlas.

En cuanto llegó a casa, se encaminó a reñir al sujeto del espejo de su cuarto de baño.

—¿Por qué no dijiste que no? —le gritó el señor Sí, tremendamente enojado—. Eres insoportable.

Hasta que una mañana de primavera, Nono, su compañero de oficina, le pidió, como tantas otras veces, que le hiciera su parte de trabajo.

—Pues yo... —murmuró el señor Sí.

Estaba convencido de que Nono se aprovechaba de él. Pero como no sabía decir que no, ya iba a aceptar.

En el preciso instante en que fue a decir el nombre de su colega, una mosca se le coló en la garganta y lo dejó sin habla. Así que solo pudo pronunciar la primera sílaba:

—No

—Bueno, —se resignó Nono— si no quieres… —Y se fue antes de que recuperara el habla.

Se me lengua la traba, la traba se me lengua

El señor Sí empezó a sentir que miles de burbujas de colores chisporroteaban en su corazón. Una sonrisa luminosa se le dibujó en la cara y creía que flotaba. Durante todo el camino de vuelta a casa, estuvo canturreando su trabalenguas favorito: «Se me lengua la traba, la traba se me lengua».

En cuanto llegó, corrió a buscar al hombre que vivía en el espejo de su cuarto de baño. ¡Le pareció tan guapo! Y elegante. Y amable. Y encantador.

—¿Ves como decir que no no era tan difícil? —le susurró el señor Sí con dulzura—. ¡Te quiero mucho! —E intentó darle un beso en la punta de la nariz.

Ahora el señor Sí sabe hacer muchas cosas. Es experto en construir torres altísimas de latas de refrescos. Aprendió el truco para que el agua que echa en un cucurucho de papel se transforme en confeti. Lo proclamaron campeón de chapas de la ciudad. Es capaz de encestar bolas en la papelera desde el otro extremo del salón. Sigue pronunciando trabalenguas a una gran velocidad: «Pablito clavó un clavito. ¿Qué clavito clavó Pablito?».

Además, el señor Sí sabe decir que NO. Y se dio cuenta de que conlleva muchas ventajas: ya no tiene que comer helados de caca de colibrí, ni comprar paraguas con agujeros, ni poner serpientes de goma entre las coliflores del supermercado, ni hacer el trabajo de su compañero…

Y si contesta SÍ, todos están seguros de que lo dice de verdad. Como doña Carlota cuando le preguntó:

—¿Te gustaría venir a mi fiesta de cumpleaños?

—Sí —respondió con voz clara y una alegre sonrisa en los labios.

¿Sabe tu amigo, ese que vive en el espejo de tu cuarto de baño, decir que NO? Si no, ya es hora de que le enseñes. Es muy fácil. Solo tiene que acariciar el paladar con la punta de la lengua y fruncir los labios, como cuando va a dar un beso.